C SP F BREZINA TH Famil
Brezina, Thomas.
La familia horrible
1078154504 FOW

WITHDRAWN

WORN, SOILED, OBSOLETE

DAD: 366

ECULIA... al de ojo y producir ... or eso siempre lleva gafas de ...ol.

E DISGUSTA: Las polillas, orque la agujerean al omer.

E GUSTA: Los trapos, pero ólo cortados en tiras para poder nvolverse en ellos.

BORIS

El primer monstruo de Frankenstein

EDAD: La cabeza, 144 años; los brazos y las piernas, 143; el tronco, 143, y el cerebro, 102 (tuvo que ser recambiado una vez).

PECULIARIDADES: Tiene nariz y orejas de un perro y puede encender bombillas con las manos. Pero a veces falla el contacto.

LE DISGUSTA: El agua, por peligro de cortocircuito.

LE GUSTA: La corriente eléctrica.

S0-CBW-321

¡Maldición! Precisamente ahora que
Max
tanto necesita a sus amigos monstruos,
ellos no están en el viejo tren
fantasma.
Y sólo ellos pueden liberar a su amigo
Drácula.
De pronto Max oye un ric-rac.
El chico se sobrecoge asustado.
Acto seguido se abre la tapa de un
ataúd...

¡Déjate caer por fueradeclase.com un portal para gente como tú!

Primera edición: septiembre 1996
Octava edición: abril 2006

Dirección editorial: Elsa Aguiar
Traducción del alemán: José Antonio Santiago-Tagle
Maqueta: Isidro García Sepúlveda

Título original: *Alle meine Monster Familie Fürchterlich*
© C. Bertelsmann Verlag GmbH, München, 1995
© Ediciones SM, 1996
    Impresores, 15
    Urbanización Prado del Espino
    28660 Boadilla del Monte (Madrid)
    www.grupo-sm.com

CENTRO INTEGRAL DE ATENCIÓN AL CLIENTE
Tel.: 902 12 13 23
Fax: 902 24 12 22
e-mail: clientes@grupo-sm.com

ISBN: 84-348-5153-9
Depósito legal: M-15810-2006
Impreso en España / *Printed in Spain*
Gohegraf Industrias Gráficas, SL - 28977 Casarrubuelos (Madrid)

Queda prohibida, salvo excepción prevista en la Ley, cualquier forma de repro-
ducción, distribución, comunicación pública y transformación de esta obra sin
contar con la autorización de los titulares de su propiedad intelectual. La infrac-
ción de los derechos de difusión de la obra puede ser constitutiva de delito contra
la propiedad intelectual (arts. 270 y ss. del Código Penal). El Centro Español de
Derechos Reprográficos vela por el respeto de los citados derechos.

Thomas Brezina

LA FAMILIA HORRIBLE

Ilustraciones de
Bernhard Förth

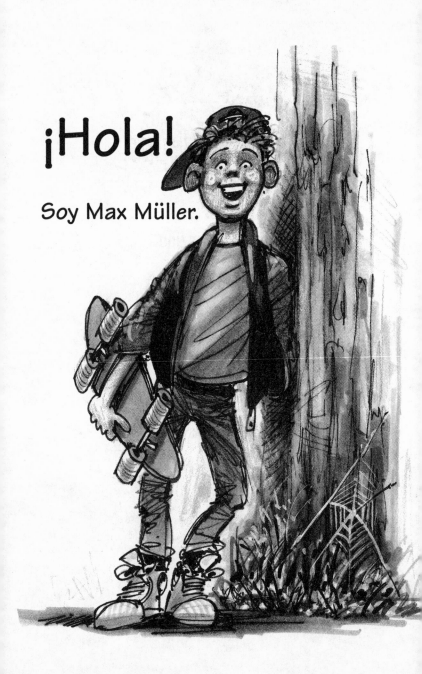

¡Hola!

Soy Max Müller.

Tengo 10 años y me gusta ir en monopatín. Hasta ahora he llevado una vida bastante aburrida. En el colegio, a veces se burlan de mí y me llaman miedica. Hasta hace poco, yo mismo me creía un cobarde. Pero un día me aposté con mi hermana mayor a que me atrevería a entrar solo en el viejo tren fantasma de la feria. Esta atracción lleva años cerrada, y nadie sospechaba que tras sus verdes paredes se ocultara un gran misterio. Yo lo descubrí. En el tren fantasma se esconden...

... ¡los últimos MONSTRUOS!

Esos MONSTRUOS

son hoy mis mejores amigos

Pero están continuamente expuestos a un gran peligro. Y es que detrás de ellos andan Karla Kätscher y su ayudante, Adonis Chorlito, que querrían fundar un circo de monstruos. Mis amigos monstruos se refugiaron en el tren fantasma huyendo de ellos, pero un día descubrimos que iban a demolerlo. Pudimos impedirlo a tiempo, y decidimos ganar el dinero necesario para comprar el tren fantasma. Por eso fundé una pequeña agencia llamada Cía. de Alquiler de Monstruos. Y alquilo los monstruos a quienes los necesiten.

¡Desde que los conocí, no tengo tiempo para aburrirme! ¡Aquí tenéis nuestra nueva y espeluznante aventura!

Karla Kätscher

Adonis Chorlito

¡Se os pondrá carne de gallina! ¡Os lo garantizo!

¿Mudanza desde el tren fantasma?

Eran poco más de las tres de la mañana cuando una fantasmagórica caravana partió del viejo tren fantasma verde de la feria.

A la cabeza iba Boris Tembleque, el monstruo de Frankenstein, con un cazamariposas en la mano. Le seguía Amadeo Licántropo, que no dejaba de emitir algo como «Puchi, puchi, puchi».

Detrás de ambos trotaba Lucila, que cambiaba de color como un camaleón y cuyo manjar preferido eran los picaportes. Esta monstruo, por lo demás tan mohína y melancólica, iba blandiendo con gran alegría una mohosa pantufla rosa de peluche y exclamando con voz meliflua:

—¡Mira, mira, mira! ¡Anda, mira, mira, mira!

El vampiro Draculín intentaba escrutar la oscuridad, y Frankesteinete, el hermano pequeño del doctor Frankenstein, consultaba el plano de la ciudad que llevaba.

—Aquí hay unas trescientas veintinueve calles y avenidas que suman una longitud de trescientos mil metros —calculó—. Si nos damos prisa, en siete noches habremos explorado todo ese recorrido.

Nesina, la hija del monstruo del Lago Ness, preguntó confusa:

—Eso son dos semanas...; éste..., ¿o una nada más?

—Hasta entonces bien puedes ir a parar bajo las ruedas de un camión y quedar más aplanado que una sartén —murmuró Mombo Momia, que acababa de salir del tren fantasma. Mombo no sólo echaba el mal de ojo, también le gustaba ver desgracias y catástrofes.

—¡Cierra el pico, tragapolillas! —silbó, enfadada, la voz de la cabeza 1 de Zerbi, el infernal cancerbero.

—¡Seguro que un perro confunde a ese imbécil con un hueso que va botando y se lo come! —gruñó la cabeza 2.

—¡Mira que si se pierde en una carnicería y lo venden allí como pata de ternera! —dijo, entre risitas, la cabeza 3.

—¡A mí no me parece nada divertido! —exclamó, enfadada, Nesina—. Pero tal vez deberíamos contarle a Max lo que ha pasado.

—¡No! —gritaron a coro los demás monstruos.

—Se enojaría muchísimo con nosotros. Esta vez debemos sacarnos solitos las castañas del fuego —dijo Frankesteinete.

Sorpresas heladas

Max Müller era ajeno a todo aquello. Esa noche dormía con especial placidez soñando con el nuevo monopatín que quería por su cumpleaños. Cada día, de camino al colegio, lo contemplaba en el escaparate de una tienda de deportes y se moría por atravesar el parque como una centella sobre él.

El monopatín era amarillo chillón y en sus anchas ruedas azules brillaban piececitas metálicas. Pero lo más molón era que, en vez de una plancha rígida, constaba de dos partes unidas entre sí por una barra. Era lo más nuevo importado de Norteamérica.

Max avanzaba a todo meter por la calle. Saltó hábilmente sobre un perro mientras el monopatín pasó como una flecha por entre las piernas del animal. Y de nuevo volvió a aterrizar sobre él con elegancia. Luego, contoneándose a tope, dio la vuelta entera a un banco del parque donde estaban sentadas las chicas de su clase. Pero de pronto éstas gritaron:

—¡Max, pequeñín, mueve el esqueleto y levántate de la cama!

Max no daba crédito a sus oídos. ¿Por qué las chicas no le expresaban su admiración?

Y abriendo los ojos de golpe vio el rostro de su hermana mayor, que sonreía socarronamente.

—¡Y a continuación, el tiempo! —anunció Dola como una presentadora de noticias—. Hoy predominará el sol, pero hay que contar también con algunos chubascos.

Y vertió un vaso de agua fría en la adormilada cara del chaval. Max se levantó catapultado pegando un grito y Dola emprendió la huida, corriendo hasta meterse en el cuarto de baño y cerrando con un portazo. Pero antes de que pudiera girar la llave, Max se había lanzado con-

tra la puerta, tirando hacia abajo del picaporte.

Dola, por su parte, se apoyó con todas sus fuerzas contra la puerta. Pero Max no cedió. Esta vez no quiso llevar las de perder. La «víbora» de Dola iba finalmente a pagar sus canalladas.

Con los puños apretados volvió a lanzarse contra la puerta, que era justo lo que Dola esperaba. Ésta la abrió rápida como el rayo y Max, que no pudo frenar, se zambulló de tal modo en la fría y colmada bañera que derramó el agua. Dola se retorcía de la risa.

—¡Espera, que ya me las pagarás! —bisbiseó, rabioso, Max según salía de la bañera resoplando.

Dola se apresuró a desaparecer en su habitación al oír los pasos de su padre. Éste salía del dormitorio, desgreñado y sin afeitar, para ducharse. Al ver el agua vertida en el cuarto de baño se enfadó y le levantó la voz a Max:

—¿Ya has vuelto a hacer otra de las tuyas?

Y Dola, apareciendo por la puerta a sus espaldas, dijo con voz de lo más meliflua:

—Max se ha propuesto hacer una valentonada cada día porque quiere probarme que no es un cobardica. Hoy se ha metido de cabeza en el agua fría de la bañera. Una idea descabellada.

El señor Müller sacudió la cabeza con un gesto de desaprobación.

—¿Cuándo sentarás por fin la cabeza, Max? ¿Qué bobadas son ésas? Ahora mismo vas a por el cubo y el trapo de fregar y recoges el agua del suelo. ¡Llámame cuando hayas terminado!

—¡Pero..., pero...! —balbuceó Max.

—¡Sin rechistar! ¡Si sigues así, olvídate de lo que pediste para tu cumpleaños! —dijo, severo, su padre.

Max se consumía de rabia. Era para reventar. ¿Por qué sus padres siempre creían a Dola? ¿Sólo por tener unos años más que él? ¿Por qué siempre le echaban las culpas a él?

Mientras recogía el agua, pensó con rabia: «Cómo me gustaría largarme. Y bien lejos. Adonde no pudieran encontrarme papá y mamá. Que se preocuparan mucho por mí y que les salieran canas del disgusto. A lo mejor se daban cuenta entonces de lo estupendo que soy y se arrepentían de no haberse portado mejor conmigo.»

—¡Hermanito, deberías dedicarte a la limpieza! ¡Se te da de maravilla! —dijo Dola para atormentarlo mientras le veía trabajar cruzada de brazos. El chico le lanzó el trapo de fregar, que goteaba, pero Dola se agachó a tiempo y el trapo se estrelló en la cara de la señora Müller, que precisamente iba a ver por dónde andaban los niños.

—¡Dos semanas castigado a lavar los platos! —dijo severamente su madre, agarrando una toalla para secarse la cara.

Max ni siquiera trató de defenderse, pues de todos modos ella no le creería. Así pues, tomó la decisión de largarse en secreto para esconderse con sus amigos, los monstruos del tren fantasma verde.

¿Se habrán mudado?

Tras el desayuno, en el que todos estuvieron muy callados, Max se retiró a su habitación. Dijo que para hacer sus deberes, pero en realidad metió unas cuantas cosas en su mochila: unos vaqueros, varias camisetas de manga corta, un jersey, dos gorras, todos sus chicles, una linterna y el contenido de su hucha. No tenía mucho dinero, sólo tres mil pesetas, pero de momento bastarían. Después, seguro que sus amigos le prestarían algo, pues al fin y al cabo con su ayuda ganaron un montón de dinero para poder comprar más tarde el tren fantasma.

—¿Lo llevo todo? —se preguntó Max mirando a su alrededor. No; aún seguía sobre el escritorio su minitelescopio, que también llevaba incorporado un microscopio. Así que se lo metió en el bolsillo de la cazadora. Seguro que le haría falta.

Por la mañana, Dola y sus padres salieron de casa para ir de compras a la ciudad. Max no quiso acompañarlos.

—¡No te hagas el ofendido! —dijo su madre—. Te has ganado el castigo.

Cuando se hubieron ido, Max esperó otros diez minutos. Después agarró su monopatín, se echó la mochila a la espalda y salió de casa.

Con la velocidad del rayo fue a la feria haciendo eses. Una vez allí, se llegó sigiloso a la parte trasera del viejo y abandonado tren fantasma y miró cautelosamente por si anduvieran cerca la horrible señora Kätscher o su ayudante, Adonis Chorlito. Esos dos se habían empeñado en atrapar a los monstruos, lo que por un pelo no habían conseguido en varias ocasiones.

El camino estaba despejado. Max apartó la tapa del alcantarillado y descendió por el agujero. Atravesó las pestilentes y pardas aguas residuales y llegó a un ancho tubo por el que desembocó en el tren fantasma. Sólo él y los monstruos conocían esa entrada secreta. Como todas las puertas de aquella construcción estaban cerradas y tenían maderos clavados, a nadie se le había ocurrido que el tren fantasma pudiera estar habitado.

—¡Hola, estoy aquí! —exclamó Max, asomando la cabeza por la trampilla del suelo.

«¿Y eso? ¿Dónde estarán todos?», se preguntó el chico ya en el inquietante cuarto pintado de negro. Del techo colgaba una lámpara de araña realizada con calaveras, y contra una de las paredes se apoyaban dos ataúdes que hacían las veces de armarios. Delante de él había un sillón de cuyo asiento salían afilados clavos, y a su espalda se encontraba la mazmorra donde encerraban al licántropo en las noches de luna llena para que no saliera a atacar a las personas.

—¡Hoooola! ¿De verdad no hay nadie? —se extrañó Max.

Como seguían sin contestar, subió corriendo al primer piso, donde estaban las habitaciones de los monstruos, llenas de polvo y telarañas. Había allí unas setenta arañas y unas cuantas

chinches, que eran los animales de compañía de la momia. Max empezó a preocuparse. ¿Y si sus amigos los monstruos hubieran caído en una trampa de la señora Kätscher? ¿Y si se hubieran mudado? ¡Y para siempre! Pero ¿por qué no le habían dicho nada antes?

Ya iba Max a dejarse caer en el sillón de los clavos cuando se dio cuenta a tiempo y se sentó en el suelo. No sabía si llorar.

Su hermana era un asco de cría, sus padres le trataban injustamente y ahora sus amigos habían desaparecido. ¡Si al menos supiera dónde estaban los monstruos!

¡Un momento! ¡Mombo, la momia, nunca se trasladaría sin llevarse consigo las chinches!, se le ocurrió. Apreciaba mucho a esas asquerosas criaturas, que despedían un terrible mal olor.

Max se sintió un poco aliviado, pues podía contar con que volvieran los monstruos. Pero a pesar de todo sentía preocupación por ellos, ya que ignoraba qué les había sucedido.

Los esperó en el tren fantasma hasta que en el viejo reloj de madera de la pared se abrió una puertecita y un buitre graznó doce veces. ¡Era mediodía! Debía ir a casa. Pero, bueno, ¿no había querido largarse?

Max suspiró. Aunque no quería regresar a casa, sin sus amigos no aguantaría una noche entera en aquel siniestro lugar.

Así que volvió a cargar con la mochila y

abandonó el tren fantasma por la salida secreta. Para ir más rápido, tomó el atajo del aparcamiento de un supermercado. Cuando pasaba al lado de un gran contenedor de basura, oyó dentro unos tenues ladridos. Saltó de su monopatín y dejó transcurrir unos instantes. ¿Y si sólo hubieran sido imaginaciones suyas? Pero al momento volvió a oírlos de nuevo.

El abandonado

Max abrió la tapa del contenedor de basura y un asqueroso tufo le dio en la cara. Con repugnancia, se asomó por el borde del depósito.

Entre cartones rajados, frutas y verduras medio podridas, restos de frutas espachurradas y verdosos desperdicios de salchichas, estaba sentado un perrito negro como el carbón, con la cabeza blanca y una mancha del mismo color en el pecho. A Max le recordó el perro de un anuncio de televisión de comida para animales.

—¿Cómo has venido a parar aquí? —le preguntó Max al perro, que le miraba con sus ingenuos ojillos oscuros. Max extendió los brazos para sacar al animalito, pero no le llegaban tan

abajo. Al chico no le quedó más remedio que subirse al contenedor. Al hacerlo, el pie se le enganchó tontamente en el asa y cayó con todo su cuerpo entre los hediondos desperdicios.

Con el perro en brazos, volvió a salir del contenedor todo guarreado y acariciando al chucho, que le lamía alegre la mano.

—¡Oye, no tienes ni distintivo ni collar! —constató Max—. Me da la sensación de que tu dueño se hartó de ti.

Mientras el chico pensaba qué hacer, el camión de la basura llegó al aparcamiento y se detuvo junto al contenedor para vaciarlo. Al oír Max el estridente ruido de la prensa que aplastaba la basura, apretó al perro con fuerza contra sí. Fue una suerte haber llegado a tiempo de salvarlo.

—Te llevaré conmigo —le susurró el chico, volviendo a subir sobre el monopatín. Pero ¿qué dirían sus padres del perro?

Dola ya le estaba aguardando.

—Espero que tengas una buena excusa. Papá va de un ataque de furia a otro, y mamá está perdidita de los nervios —le anunció.

—¿Te vale esto para justificar mi retraso? —preguntó Max abriéndose la cazadora, de la que al punto asomó la lanuda cabecita del perro.

—¡Qué monada! —la voz se le endulzó a Dola, que, muy contenta, le tiró de la oreja al

27

perro. Éste se estremeció asustado y se puso a gruñir amenazadoramente.

—¡Me gustas, pequeño! —le murmuró Max al oído—. Te aleccionaré para que te mees debajo de la cama de Dola y le mordisquees la pierna por la mañana temprano. Después te volverás a echar rápidamente en tu cestita y te harás el dormido.

—¿Qué es eso? —preguntó su padre acercándose desde la cocina, donde, como cada sábado, removía el guiso con un cucharón.

Max, que estaba sentado en el suelo junto al perro, contestó:

—¡Papá, a ver si aciertas! ¿Es esto un plumero con patas, un tierno corderito esquilado o acaso un perro?

El señor Müller farfulló algo así como «¡Qué tonterías!»; después se arrodilló junto a su hijo y acarició al perro entre las orejas.

—Esto les gusta mucho —dijo—. Es que yo también tuve un perro de pequeño.

—¡A mí no me metáis perros en casa! —se enojó la señora Müller, que llegó impetuosamente desde el salón con el periódico en la mano—. ¡Arman mucho jaleo y apestan!

—¡Y Dola también! —afirmó Max rompiendo a reír. El señor Müller también se rió. Las mujeres de la casa, solidarias, reaccionaron enfadadas.

Cuando Max contó la historia del perro, la señora Müller cambió de parecer. Al punto le trajo al chucho una escudilla con agua, que el animalito tragó ávido a lametones. Después le preparó comida. Generosamente, hizo como que no vio la ropa sucia de Max.

—¿Puedo quedármelo? —preguntó el niño durante la comida. El señor y la señora Müller se miraron y dijeron al cabo de un rato, que a Max le pareció una eternidad:

—En fin, sí; veremos cómo se porta.

De la alegría, Max se tiró al suelo, apretó contra sí al perro y exclamó contento:

—¡Puedes quedarte; desde hoy eres mi perro!

—¡Nuestro perro! —le corrigió Dola.

Max ya iba a protestar con rabia cuando se contuvo. Si las peleas empezaban ya, a lo mejor sus padres se lo pensaban.

Estaban Max y Dola recogiendo la mesa cuando llamaron a la puerta. La señora Müller abrió y el chico y la chica oyeron una voz de hombre que decía:

—Buenos días. Nos gustaría presentarnos. ¡Somos sus nuevos vecinos!

Los nuevos vecinos

El piso que estaba junto al de los Müller llevaba bastante tiempo vacío, pero por fin ya tenía nuevos inquilinos. Max se preguntaba todo el rato cómo serían. Ojalá fueran buena gente y tuvieran niños de su edad.

Lleno de curiosidad, acudió corriendo a la entrada para ver a los nuevos vecinos. Ante él se encontraban un matrimonio y dos niños.

El hombre llevaba un traje elegante y la mujer un vestido azul con lunares blancos. El chico, que era un poco mayor que él, llevaba el mismo traje que su padre y gafas niqueladas de montura redonda. Su hermanita llevaba puesto un vestido de volantes cortado de la misma tela que el de su madre. Los cuatro sonreían ampliamente, como si fueran a hacerse una foto.

—¡Somos los Fitz! —dijo el hombre—. Yo soy Óscar Fitz, ésta es mi mujer Lilí y éstos mis hijos Óscar y Lilí. Nos alegramos de venir a vivir a esta casa limpia y tranquila y de tener tan buenos vecinos.

—¡Pero si ustedes apenas nos conocen todavía! —afirmó, un poco confusa, la señora Müller.

—¡Seguro que no podíamos haber dado con mejores vecinos! —aseguró la señora Fitz.

31

El perrito negro se adelantó curioso y meneó alegremente la cola. La señora Fitz arrugó la nariz y dijo viperinamente:

—Oh, ¿tienen ustedes un perro?

La madre de Max sonrió:

—Sí, desde hace dos horas. Mi hijo se lo encontró en un contenedor de basura.

—Pero ¿es que en esta casa se permiten animales? —preguntó la señora Fitz mientras miraba al perro como si se enfrentase con una serpiente de cascabel.

—Que yo sepa, sí. Hasta lo pone en el reglamento de la comunidad —intervino ahora el señor Müller, que también quería saludar a los nuevos vecinos.

—Esperemos que sea obediente —expresó la señora Fitz con una sonrisa de fastidio. Y atrajo hacia sí a sus hijos, como si en cualquier momento el perrito fuera a abalanzarse sobre ellos como una bestia asesina.

—Bien, seguiremos viéndonos con más frecuencia —dijo el señor Fitz, al que de pronto le entraron muchas prisas.

Cuando la familia se hubo marchado, Max se echó junto al perrito en el suelo y lo acarició. «¿Qué nombre te pondré?», recapacitó mientras contemplaba la blanca cabeza de orejas negras y la clara mancha del pecho sobre la piel oscura del cuerpo. El perro le recordaba algo. De pronto le vino a la cabeza: ¡un vampiro!, pues también éste tenía una cara blanca que contrastaba claramente con el traje negro.

—¡Desde hoy te llamarás Drácula! —dijo solemnemente Max.

Al punto, el perro levantó las orejas, abrió del todo la boca y enseñó sus afilados colmillos.

Max rió.

—¡Pues sí que tienes dientes de vampiro! ¡El nombre te va que ni pintado! ¿No te parece?

Drácula, que lo que hacía era bostezar, emitió un ruido que sonó como un gruñido de confirmación. Pero al instante salió corriendo inquieto hacia la puerta y se puso a gemir sonoramente.

«Creo que le hace falta un poco de ejercicio», pensó Max, que en seguida se dispuso a salir a la calle con el perro. Pero ¿cómo lo llevaría? En casa no tenían ni collar ni correa.

Entonces, excepcionalmente, Dola resultó muy útil. Y es que tenía una gargantilla de cuero que parecía totalmente un collar de perro. Y eso le puso a Drácula. Una gruesa cuerda hizo de correa. El perro apenas podía esperar a salir de paseo con su nuevo dueño. Iba obediente conducido por la correa, olisqueaba cada esquina de la calle y levantaba la pata una y otra vez.

«Podría ir de nuevo al tren fantasma a ver si los monstruos han regresado», pensó Max.

—Entonces te presentaré a mis mejores amigos —le dijo a Drácula, y echó a correr.

Ladrando de alegría, el perro fue dando saltos junto a él.

Comienzan los enfados

El tren fantasma seguía vacío. Ni rastro de Frank, Nesina, Lucila, Mombo, Draculín, Zerbi, Piecete y Boris. Si al día siguiente los monstruos no habían regresado, Max se proponía emprender una gran operación de busca.

Eran ya casi las seis cuando el chico regresó al bloque de tres plantas en el que vivía. Llamó al timbre de la puerta de su piso. Mientras esperaba que alguien le abriera, Drácula olisqueó intensamente en la estrecha rendija que quedaba bajo la puerta de los vecinos. Max supuso que la señora Fitz estaba cocinando algo sabroso o, simplemente, que Drácula sentía curiosidad.

—¡Eh!, ¿qué pasa? ¿Tengo que echar raíces aquí? —gruñó el chaval impaciente y llamando con insistencia—. Probablemente ahora mismo Dola estará hablando por teléfono con su cielito despampanante, Egon —le dijo a Drácula, que lo miraba como preguntando—. ¡Éstos andan por ahí besuqueándose a escondidas!

Sólo después de que Max llevara un minuto llamando, le abrió su hermana. Estaba envuelta en un albornoz, se había liado una toalla a la cabeza y llevaba la cara blanca como la nieve,

embadurnada con una mascarilla facial. Al verla, Drácula ladró agitado.

—¡Si serás un bicho fastidioso! —le riñó Dola—. ¿Es que no puedo arreglarme ni cinco minutos sin que me molesten?

37

—Pues si te crees que con eso te pondrás más guapa, olvídalo —le respondió Max—. ¡Pero si pareces un cadáver conservado en un pantano!

Hacía sólo unos días que vio en un libro la foto de una mujer que había pasado dos mil años en el fondo de un pantano y se mantenía completamente conservada.

La hermana se fue con rabia, y seguidamente Max oyó el ruido de la ducha.

—¡Ajá, voy a enseñarte cómo hacer chillar a Dola! —le explicó a Drácula. Y llegándose de puntillas al cuarto de baño, metió la mano por detrás de la cortina de la ducha. Con una rápida manipulación, cambió el regulador de temperatura de agua caliente a muy fría.

—¡Iiiiiiiiih! —gritó Dola como una sirena—. ¡So monstruo! ¡Te arrancaré los pelos uno a uno!

Y de un salto salió de la ducha y corrió tras su hermano echando maldiciones. En ese momento sonó el timbre de la puerta.

«¡Salvado!», pensó Max con alivio, y abrió.

Al otro lado estaba la señora Fitz, que al contemplar a Dola sacudió la cabeza con desaprobación. Avergonzada, la muchacha se retiró otra vez al baño. La mujer se volvió a Max y le preguntó de malos modos:

—¿Está tu madre o tu padre?

El niño sacudió la cabeza.

—Me lo suponía. Si no, no estaríais armando este jaleo. ¡Haced el favor de no gritar tanto! —y agarrando del brazo a Max lo arrastró hasta la puerta de su piso—. ¿Qué es eso? —preguntó ella señalando las baldosas del suelo.

—Eh..., ¡un charco! —respondió Max.

—¡No es un charco cualquiera! —voceó la señora Fitz—. ¡Es una meada de tu perro!

—Pero... eso no es posible. ¡He estado en la calle con él! —se defendió Max.

—¡Como esto vuelva a ocurrir, lo pondré en conocimiento del propietario y exigiré que el perro se largue! —bisbiseó, furiosa, la señora Fitz, que cerró de un portazo ante las narices de Max.

—Eh, ¿de verdad te has meado delante de la puerta? —le preguntó Max al perro. Pero Drácula sólo le dirigió una mirada ingenua meneando la cola.

El chico esperaba que sus padres no se enteraran de lo del charco, pero la señora Fitz se quejó ante el señor y la señora Müller en cuanto éstos llegaron a casa.

—¿Sabes? Si el perro no se porta como debe ser, tendremos que llevarlo a la perrera municipal —dijo el señor Müller en tono severo.

—No; nunca me desprenderé de Drácula —protestó Max—. ¡Si él se tiene que ir, yo tampoco me quedaré aquí!

—¿Drácula? ¿Le has puesto Drácula al perro? —preguntó, espantada, Dola.

—¡Sí, porque le gusta morder a las hermanas mayores y chuparles la sangre! —dijo, rabioso, Max—. Pero sólo cuando las hermanas mayores son insoportables y vulgares.

Dola no supo qué responder a eso, así que, levantando ofendida la cabeza, se fue a su habitación.

Drácula se comportó modélicamente. No ladró, no ensució y, por supuesto, tampoco se orinó. De noche durmió enrollado en una

40

manta junto a la cama de Max, y sólo cuando aclaró se deslizó cautelosamente a los pies de Max, bajo su manta. Cuando el chaval despertó, únicamente asomaba la cola, que empezó a moverse en cuanto Max exclamó:

—¡Drácula!

Nada más acabar el desayuno, el chico volvió a la feria acompañado del perro. Cuanto más se acercaba al verde tren fantasma, más aprisa le latía el corazón. ¿Habrían regresado los monstruos?

Max temblaba de emoción mientras asomaba la cabeza por la trampilla.

El chico respiró aliviado. Todos estaban allí y todos le miraron.

—¿Dónde habéis estado metidos? —quiso saber en seguida.

—Eh... ¡Buenos días, señor Max! —le saludó Frankesteinete, tan formal como siempre.

—¡Hola! Y ahora, soltadlo ya. ¿Dónde estuvisteis? ¡Me habéis dado un buen susto! —confesó el chico. Pero en lugar de responder a la pregunta de Max, hicieron como si estuvieran muy ocupados.

Draculín se afilaba concienzudamente los puntiagudos colmillos de vampiro y comprobaba con la lengua una y otra vez el resultado de su trabajo. Lucila le quitó la lima y se la tragó con avidez. Boris Tembleque simulaba tener un contacto flojo y el licántropo fingía dolor de barriga. Nesina metió la cabeza en el agua de su

41

bañera, y las cabezas de Zerbi se pusieron a dar lametones a una escudilla que de todos modos ya estaba vacía.

—Eh, ¿has visto esto ya? —preguntó Mombo. La momia empezó a soplar a un peine, ante lo cual las negras chinches formaron hilera y se pusieron a marchar en fila india—. ¡Las moscas tampoco lo hacen mal! —dijo la momia en elogio de sus animales amaestrados. Y, chasqueando los dedos, un enjambre de moscas descendió zumbando desde el techo de la habitación dibujando en el aire una figura que parecía una mosca monstruosa—. Y también enseñaré a las hormigas a batir el récord mundial de devorar cosas.

—Eh, ¿es que queréis tomarme el pelo? —dijo Max—. ¡Quiero saber de una vez dónde estuvisteis!

Los monstruos desvarían

—¿Alguna vez te ha dicho alguien que a los niños muy curiosos se les pudre la nariz? —le espetó Mombo. Max se asustó. ¿A qué vendría eso?

—¡Calma! Nosotros... aún somos amigos, y sólo me he preocupado por vosotros —exclamó—. Por eso quería saber de una vez dónde estuvisteis ayer.

La momia se quitó lentamente las oscuras gafas de sol. Al punto salieron de sus ojos dos rayos verdes que, silbando, le dieron a Max en la nariz. El chico retrocedió de un salto, sintiendo de pronto un dolor atroz en su apéndice nasal.

—¡Eso te servirá de aviso! —le amenazó Mombo.

—¡Yo... no os entiendo! —farfulló confuso Max—. De pronto habéis cambiado un montón. Estáis totalmente desconocidos —y, acariciándolo suavemente, apretó contra sí a Drácula, al que había tenido en brazos todo el rato.

—¿Qué lleva usted ahí? —preguntó Frankesteinete.

—¡Un perro! —gruñó Max, y se lo enseñó a los monstruos.

—¡Me gustan los perros! —afirmó Amadeo Licántropo alegrándosele la mirada. Max respiró

aliviado. Eran las primeras palabras agradables desde su llegada—. Me gustan los perros —repitió el monstruo—. Sobre todo, pinchados y a la parrilla. ¡Pero también están buenos en filetes! —y ávidamente alargó sus peludas zarpas.

—¡Fuera esas manazas! —exclamó, espantado, Max.

—¡Amadeo Licántropo sólo estaba bromeando! —le tranquilizó Draculín—. ¿No ves que los perros sólo están buenos ahumados?

—Pero si ese bichejo no tiene ni pizca de carne. Como no sirva para roerle los huesos... —dijo con desprecio Lucila.

—¡Olvidaos del chucho! Ni apesta ni tiene piojos, así que ¿cómo va a saber bien? —gruñó la momia.

—Decidme, ¿os habéis vuelto tarumbas o qué? —gritó Max indignado. Yo..., yo...; bueno, vosotros..., vosotros... ¡Estoy harto! ¡Si cambiáis de opinión y queréis decirme todavía dónde habéis estado, enviadme a Piecete con una carta! ¡Yo no vuelvo durante una temporada! —y con estas palabras el chaval desapareció por la trampilla.

Los monstruos se quedaron con cara de chasco.

—¿De verdad era necesario comportarse así? —preguntó Frankesteinete.

—¡Pues claro! —gruñó la momia—. Si no, habría notado algo y se habría armado.

—¡Y es que es peor que el padre más severo! —añadió el licántropo.

Evidentemente, ante Max los monstruos no sólo tenían miedo, sino también mala conciencia. Pero ¿por qué?

Cuando, bastante agitado, Max llegó a casa con Drácula, tuvo que esperar de nuevo hasta que le abrieron. En esta ocasión era porque la familia estaba colgando un cuadro.

Cinco minutos más tarde llamó a la puerta la señora Fitz porque Drácula había vuelto a encharcar su puerta.

—¡Es el último aviso! —dijo levantando el dedo índice—. ¡La próxima vez ese perro se va fuera!

La señora Müller envió a Max a quitar el charco, lo que el chico hizo al punto. Pero ¿qué le pasaría a Drácula?, se preguntó, y tuvo mucho miedo de perderlo. Después no le quedaría nadie, dado que tampoco los monstruos parecían quererle ya.

Por la tarde acudieron a jugar con Max el pequeño Óscar y la pequeña Lilí. Eran los niños más aburridos que jamás había conocido el chaval. Se sentaron en su cama con las manos sobre el regazo. Óscar llevaba camisa blanca con corbata y Lilí un vestidito rosa.

Cuando Drácula los olisqueó curioso, ellos le acariciaron pasando brevemente la mano por su piel brillante. Y luego preguntaron si podían ir al cuarto de baño a lavarse las manos. Invirtieron mucho tiempo para eso, y cuando regresaron ninguno de los juegos propuestos por Max les pareció bien. Al cabo de un cuarto de hora quisieron irse.

—Para jugar, lo que más me gusta son mis modelos de coches y aviones con mando a dis-

tancia —dijo con aire vanidoso el pequeño Óscar.

—¡Y a mí, mi plastilina! —exclamó la pequeña Lilí.

Cuando los dos se hubieron ido, Max cogió de la estantería una novela de suspense que llevaba tiempo queriendo leer y se tumbó en el suelo junto a Drácula. Buscó la radio con la mano y la puse en marcha para distraerse.

Precisamente repasaban el *Hit Parade* y estaba sonando uno de los últimos *raps*. Max seguía el compás chasqueando los dedos y cantaba la letra en voz alta. Cuando su mirada cayó sobre Drácula, no dio crédito a lo que veía.

El perro parecía bailar. Estaba de pie sobre sus patas traseras y se movía al compás de la música. A continuación se sostuvo sobre las patas delanteras y levantó las de atrás. Mientras recorría de esta forma la habitación, movía alegremente la cola.

—¡Eh, mamá, papá, Dola, venid deprisa! ¡Fijaos en esto! —exclamó Max, y en seguida acudieron todos corriendo y admiraron la habilidad de Drácula.

—Debe habérselo enseñado su dueño anterior —opinó el señor Müller.

—Y entonces, ¿para qué tirarlo al contenedor de la basura? —se extrañó la señora Müller.

Entretanto habían cambiado la música y sonaba ya una romántica canción de amor. Ahora Drácula gesticulaba y aullaba de un modo que partía el corazón.

La familia Müller prorrumpió en sonoras carcajadas y aplaudió con entusiasmo, ante lo cual Drácula se puso a ladrar como agradeciendo los aplausos.

Un nuevo comienzo

Poco antes de la cena Max bajó, como cada día, al piso de la planta de abajo. La señorita Elsa se había trasladado a África por un año y Max cuidaba su enorme gato y las plantas de su apartamento. Nadie sabía que en aquel piso él había fundado una pequeña oficina.

Se trataba de la agencia «Cía. de Alquiler de Monstruos». El chico ya había puesto varias veces en los periódicos anuncios del estilo de: «¿Busca usted atracciones siniestras? ¡Llame a la Cía. de Alquiler de Monstruos!», y había añadido el número de teléfono de la señorita Elsa.

Quien llamaba oía un contestador automático que, con la voz del licántropo, le dirigía este saludo: «¡Huaaaa, aquí la Cía. de Alquiler de Monstruos! Estamos por ahí espantando. ¿Quiere que le pongamos la carne de gallina? Lo haremos gustosamente. Díganos en qué fecha quiere vernos. Hable cuando haya sonado el aullido.»

Como la luz roja parpadeaba, Max supo que alguien había dejado un mensaje. Apretó unos botones y se preguntó excitado qué encargo recibirían esta vez los monstruos. Ya habían desempeñado otros en un hotel, en la casa del niño más rico del mundo, en unos almacenes y en varias fiestas de terror para poner la carne de gallina. Esta vez era el director de un pequeño teatro el que preguntaba si los monstruos podrían actuar en su espectáculo.

Max marcó el número de teléfono que aquél había dejado y puso delante del auricular un aparato que hacía que su voz sonara grave como la de un adulto.

—¡Aquí el Teatro Pipo! —respondió una aguda voz de falsete.

—Buenos días, aquí la «Cía. de Alquiler de Monstruos». Quisiera hablar con el director, el señor Chistoso —dijo Max, que se oía a sí mismo como un verdadero hombre de negocios.

—Al aparato. Dígame, ¿podrían desde mañana actuar en siete funciones de mi espectáculo? Tenemos atracciones de todo el mundo: tragasables, malabaristas, magos y lanzacuchillos. Pero nos ha fallado un número. ¿Podrían llenarlo ustedes?

Max reflexionó. En el fondo no quería hablar más con los monstruos, pero sin embargo accedió. El lunes a las seis de la tarde deberían presentarse en el Teatro Pipo, que no estaba muy apartado de la feria.

La mañana del lunes fue, como siempre, un perfecto caos. El señor Müller no encontraba su camisa, ni Dola sus zapatos, ni Max sus cosas del colegio, y la señora Müller trataba de encontrarlo todo. Por primera vez, además, hubo que atender a Drácula. Max lo acompañó a dar tres vueltas en torno al bloque de pisos, pues por la mañana nadie lo sacaría a pasear porque todos estarían fuera de casa.

Al regresar, el chico tuvo mucho cuidado de que Drácula no pasara por la puerta de los vecinos. Antes incluso de cerrar la de su piso, le gritó a su madre:

—Mira, no se ha meado. ¡Si la señora Fitz vuelve a decir que sí, es que lo habrá hecho ella!

—¡Max! —le reprochó la señora Müller, pero sonrió para sus adentros con malicia.

Mientras todos los Müller salían de casa atropelladamente, la pequeña Lilí, el pequeño Óscar y su padre marchaban en fila india hacia su coche. Con mucha educación, volvieron a despedirse de su madre saludándola desde la calle antes de subir al automóvil, lo que hicieron con cuidado para que no se les arrugara la ropa.

Max no quiso dejar de pasar por el tren fantasma antes de ir a la escuela, porque su pelea con los monstruos le tenía intranquilo.

Cuando se encontró en la gran estancia negra, Nesina, Lucila y Amadeo Licántropo lo miraron casi con miedo.

—¿Dónde están los demás? —les preguntó Max.

—¡Arriba! —exclamó Nesina con un hilo de voz. Max ya se disponía a subir por la rampa que llevaba al primer piso cuando ella gritó—: ¡No, detente! No hace falta que vayas a mi-

rar. ¡Están..., eh...; están..., eh...! —y con la mirada buscaba la ayuda de los demás.

—¡Suéltalo ya! ¿Qué ha pasado? —preguntó, impaciente, Max—. Escuchad, tenemos un nuevo encargo, y si no me decís la verdad no podremos aceptarlo. Pero necesitamos el dinero para comprar de una vez el tren fantasma.

—Te lo diremos todo, pero debes prometernos solemnemente que no nos reñirás —dijo con lastimera voz Nesina.

—¡Pero si no soy un monstruo...! Ejem..., bueno... ¡Si casi nunca os riño! —se justificó Max.

—¿Lo prometes? —preguntó Nesina.
Max levantó la mano derecha:
—¡Lo prometo!

El «calliguarro»

—¡Se trata de Piecete! —comenzó Nesina—. Hace tres días que se largó y desapareció sin dejar rastro.

—¿Y eso? —preguntó Max.

—Este..., en fin..., le salieron tres callos nuevos, y por eso Mombo Momia le llamó «calliguarro» —contó Lucila—. Y también los demás nos burlamos de él llamándole «bufón», «pepino verrugoso», «pie zambicojo» y «juanetudo renqueante». La momia le amenazó con quitarle los callos con cuchillos al rojo, y Zerbi quiso arrancárselos en seguida a mordiscos. Amadeo Licántropo gritó que aquí no nos hacía falta ningún «Piecete calliguarro», y Boris Tembleque quiso hacer con él una lámpara de pie. Una broma se encadenaba con la siguiente, y de pronto Piecete estalló y se fue corriendo. Eso fue el martes por la noche, y desde entonces no hemos vuelto a verlo.

Max la miraba con cara de espanto. Temía que algo le hubiera sucedido a Piecete.

—Pero ¿cómo pudisteis ser tan brutos? —preguntó, enfurecido.

—¡Alto, prometiste que no nos reñirías! —exclamó Nesina, que por si acaso se cubrió colocándose detrás de un ataúd.

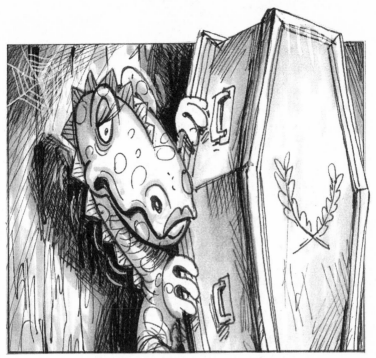

Max procuró contenerse.

—¿Y dónde estuvisteis anteayer? ¿Y dónde están hoy los demás?

—El sábado llegamos hasta las afueras de la ciudad buscando a Piecete. Al clarear el día nos escondimos en un sótano. Al parecer tampoco los demás han conseguido hoy regresar a tiempo. Cuando anochezca, seguro que habrán vuelto —manifestó el licántropo.

—Para entonces será muy tarde. ¡Tenéis que estar en el teatro a las seis! —se lamentó Max.

El chico se propuso buscar a los monstruos al salir de la escuela. Pero ¿dónde? La ciudad era grande.

Las clases se sucedieron como una película aburrida. Cuando por fin pudo ir a casa, respiró aliviado. Su madre le recibió con cara de enfado. Mientras el chico acariciaba a Drácula, que le saludó con alegría, la señora Müller le contó lo sucedido:

—Drácula se ha pasado toda la mañana ladrando. Yo misma lo oí al acercarme a casa. Pero nada más abrir la puerta de la entrada, se calló. La señora Fitz está enfurecida a más no poder y ya ha hablado con el propietario de la casa.

Max se sintió angustiado y ansioso.

—¿Qué más? —preguntó, dejándose caer en un taburete de cocina.

—¡Max, a la próxima Drácula tendrá que irse! —le explicó su madre.

Max apretó al perro contra su pecho y dijo resuelto:

—No, nunca me desprenderé de ti. No quiero que te encierren en una jaula de la perrera. No lo permitiré. ¡Antes me iré contigo por ahí y no regresaré nunca!

La señora Müller le miró espantada.

—Eso..., eso desde luego que no lo vas a hacer —dijo con severidad. Max se mordió el labio y guardó un silencio rebelde.

Después de comer se marchó con Drácula a dar un largo paseo. Naturalmente, fue derecho al tren fantasma. Los monstruos seguían sin aparecer. Max señalaba el suelo una y otra vez y decía:

—¡Busca, Drácula, busca!

El perrito se sentó sobre sus patas traseras y miró a Max pensativo, pues no sabía lo que su pequeño amo quería de él. El suelo olía a muchos seres diferentes. ¿A cuál de ellos debía buscar?

—¡Eso nunca dará resultado! —se lamentó Nesina.

Max hacía crujir los dedos, pues se imaginaba que así podía reflexionar mejor. Cavilando, iba y venía por la estancia negra y siempre pisaba una hoja de papel que estaba junto al ataúd. Cuando la suela de su zapato ensució el papel, el chico lo cogió.

Era un plano de la ciudad en el que Frankesteinete había marcado todos los sitios donde ya habían estado.

—¡Ayer gastó un rotulador de tinta verde fosforescente! —se acordó Nesina.

Max lanzó un grito de júbilo. Vio una línea verde fosforescente que se dirigía a su colegio y terminaba en un parque.

—¡Vamos, Drácula! —exclamó, y echó a correr.

Y, en efecto, descubrió a sus amigos en un cobertizo de madera donde el jardinero guardaba las carretillas. Estaban todos dentro, en cuclillas y acurrucados, esperando que oscure-

ciera. Max les había llevado ropa vieja para que
en la calle no llamaran demasiado la atención.
Juntos regresaron al tren fantasma, donde todos los monstruos pidieron disculpas a Max. La
desaparición de Piecete les daba quebraderos de
cabeza.

—Os ayudaré a buscarlo. Tenemos que dar
con Piecete —dijo Max—. ¡A lo mejor vuelve él
solo!

Ninguno se atrevía a confiar en eso, pues todos ellos sabían lo susceptible que era Piecete.

Al atardecer, Max acompañó a sus amigos
monstruos hasta el Teatro Pipo; allí los recibió
un hombre alto y delgado que les condujo hasta
el camerino donde podían prepararse para su

actuación. Max les prometió que se quedaría con ellos hasta la representación.

Mientras pensaban en dónde más buscar a Piecete, se abrió de golpe la puerta y un hombre bajo y fortachón entró pisando fuerte sin saludar.

—¡Buenos días! —exclamaron los monstruos a coro.

—Hoy no es un buen día —dijo el hombre—. Ayer tampoco fue un buen día, ni anteayer. Cuando os roban un perro con el que actuáis, los días dejan de ser buenos.

Una decisión errónea

—¿Le han birlado a usted un perro con el que actuaba en el espectáculo? —preguntó Max.

—Eso es lo que acabo de decir. ¿Tienes los oídos taponados o qué? —siseó el hombre enfurecido.

—¿Era negro el perro? —siguió preguntando Max con cuidado.

—¡Sí!

—¿Y sabía bailar?

—¡Sí! ¿Y eso? ¿Es que lo has encontrado?

—A lo mejor —respondió Max.

El hombre agarró del jersey a Max y lo zarandeó.

—¡Admite que tú has sido el ladrón!

Boris Tembleque gruñó sin poderse contener y agarró al hombre del cuello de la camisa con sus verdes manazas. Levantándolo lentamente, lo dejó pataleando en el aire.

—¡Che, che, che, a mi amo Max no se le habla así! ¡Que lo sepas! —le dijo con malos modos, y lo dejó caer como un saco.

—¡Chico, yo..., yo..., no quise decir eso! —balbuceó el hombre—. Es que estoy desquiciado. Pero si has encontrado el perro, por favor, dime dónde está. Si no, me echan del teatro. Por cierto, me llamo Alfredo Rastelli.

Max le contó lo del contenedor de basura, mientras el hombre no dejaba de manosearse la barba desconcertado.

—¿Y cómo habrá ido a parar allí el pobre animal? ¿Cómo pueden ser tan crueles las personas? ¿Dónde tienes a mi chiquitín?

Max comprendió que debía devolver a Drácula. El perro le esperaba frente al teatro, donde lo había dejado atado al poste de una farola.

Rastelli salió apresuradamente y regresó radiante de alegría con Drácula. Sin embargo, el perro no iba voluntariamente. Aquel hombre tenía que tirar de él como de un asno tozudo.

—¿Por qué no se alegra el perro de volver a verlo? —se extrañó Max.

—¡Pero si se alegra mucho! —exclamó Rastelli—. ¿No es verdad, Rufus? —y le rascó la espalda al perro, que enseñó los dientes y se puso a gruñir. A Max le entró miedo.

—¡Ahora puedo volver a salir a escena con mi Rufus! —dijo el hombre—. Ya podéis marcharos. ¡Haced el favor de salir de mi camerino!

Y con estas palabras obligó a Max y a los monstruos a salir, y después cerró la puerta.

Max la aporreó con los puños y gritó:

—Y usted, ¿seguro que trata bien a Drácula?

—¡Lárgate, chinche! —bramó Rastelli.

En ese momento llegó el director, que quiso saber qué pasaba. Rastelli asomó la cabeza por la puerta del camerino y dijo:

—He recuperado a mi perro. Puedo salir a escena. Todo está arreglado.

—¡Bien, porque estos horrendos monstruos no me gustaban nada! —contestó, malhumorado, el señor Chistoso—. Sus máscaras y disfraces son malos, y son malos actores. A gente así no se le ha perdido nada en mi teatro.

Y a los monstruos les dijo:

—¡Desaparezcan!

Como los monstruos se resistieron a irse en seguida, Rastelli puso un látigo en las manos del director. Cuando éste los amenazó con él, Max dio la señal para partir.

Delante del teatro, al chico le costó reprimir las lágrimas.

—Yo... no me fío de ese hombre. Nunca debí entregarle a Drácula. El perro le tiene miedo. ¡Quién sabe las cosas que le hará ese tipo!

Frankesteinete le dio unas palmadas de estímulo en la espalda:

—¡Levante ese ánimo, colega! A ese saco de pulgas no le pasará nada —le dijo en tono de

broma, pero a Max no le pareció nada gracioso—. Tenemos otras preocupaciones. Piense usted en Piecete.

—¡Debo ir corriendo a casa! —dijo Max despidiéndose. Y como los monstruos iban disfrazados de personas, pudieron regresar solos al tren fantasma.

Cuando en casa Max contó lo que había ocurrido con Drácula, su padre opinó:

—Pues bueno, es que será su dueño. Tal vez le robaron el perro y el ladrón lo arrojó al contenedor de basura.

Inesperadamente, Dola acudió en ayuda de Max:

—¡Vamos, corta, papá! A ningún perro que vuelve a ver a su amo hace falta que lo arras-

tren. En este asunto algo huele mal. Tendríamos que ir sin falta al teatro a ver qué hace ese Rastelli con el perro.

—¡Por favor, papá! ¡Por favor! —suplicó Max.

El señor Müller se ablandó. Pero como quería ir a un concierto con su mujer, permitió que Max y Dola fueran solos al Teatro Pipo.

—¡Si acaso también tú tienes la impresión de que ese hombre trata a su perro mal, dínoslo! —le conminó el señor Müller a su hija—. Entonces, mañana hablaremos con él. ¡De ningún modo debéis tratar de hacer algo por vuestra cuenta! ¿Entendido?

Max y Dola asintieron obedientes, pero sin estar completamente seguros de si podrían cumplir su promesa.

El collar de púas

El teatro estaba medio vacío y el espectáculo era para morirse de aburrimiento. El director Chistoso no hacía honor a su nombre. Cada vez que presentaba una atracción sonaba como un responso.

Ningún número salió bien. Al lanzador de cuchillos se le cayeron tres de la mano y uno de ellos le atravesó el zapato, así que se quedó como clavado.

Al tragasables le entró tos y la espada que tragaba salió despedida al aire, dándole apenas tiempo de apartarse cuando volvió a caer al suelo.

Pero el más chapucero fue el mago. Cuando enseñaba una caja de colores para que se viera que estaba vacía, desde el fondo salieron saltando tres bolitas blancas que se perdieron por el escenario. De nada le valió al hombre repetir diez veces por lo menos su fórmula mágica: no apareció ningún animal.

Y por fin anunciaron a Rastelli. Llevaba pantalón blanco y camisa a rayas e iba tocado con un pequeño sombrero de paja. Drácula, al que llevaba detrás atado a una fina correa, también llevaba una camisita a rayas y en su cabeza de pelo revuelto le bailaba un sombrerito de paja.

Max rebuscó apresuradamente en el bolsillo de su cazadora. Seguro que el sábado había metido en él su minitelescopio. ¿Lo seguiría teniendo?

Por fin lo tocó con la mano y lo sacó. Como estaban en la última fila (las mejores butacas habrían resultado demasiado caras), sólo con el telescopio podía distinguir con claridad lo que pasaba en el escenario.

¡Oh, no! ¡Qué horror! ¡Pobre Drácula! Rastelli le había colocado un collar de cuya parte interna salían afiladas púas. Si Drácula no hacía lo que se le ordenaba, aquel hombre no tenía más que tirar con fuerza de la correa para que las púas se le clavaran en el cuello al pobre perro.

«¡Espero que lance aullidos de dolor y que eso indigne al público!», pensó Max. Pero entonces distinguió un fino cordel de nailon que aquel hombre le había atado en torno al hocico. Drácula era incapaz de emitir ningún sonido.

Rastelli le gritó órdenes al perro y con un palo le golpeó en las patas delanteras. Como el animalito no se irguió en seguida, aquél se sacó del traje un látigo con el que lo amenazó. Drácula obedeció a su pesar. Max vio con toda claridad que al perro le temblaba todo el cuerpo. Debía estar pasando un miedo atroz.

El chico no pudo seguir mirando. Ofreció el telescopio a su hermana, se hundió en su asien-

to y se arrepintió amargamente de haber entregado a Drácula con tanta ligereza.

Finalizado el espectáculo, Dola dijo:

—Sí que la has hecho buena, canijo. Sólo me queda confiar en que papá y mamá recuperen al perro. Aunque las esperanzas son bien escasas. ¡Has vuelto a meter la pata hasta el fondo!

Max miró el suelo abatido.

—Tú... ¿No deberíamos tratar de... liberarlo? —preguntó en voz baja.

—¡Tú deliras! Ese Rastelli es un bestia. ¿Crees que me voy a exponer a que me arree un latigazo?

—¡Gallina asquerosa y miedica! —siseó con rabia Max—. Entonces yo solo me haré cargo de este asunto.

—Nunca te atreverás. ¡Pero si hasta te encierras en el servicio cuando te quedas solo en casa! —se burló Dola.

Sin responder a eso, Max salió embalado. Su hermana se cruzó tranquilamente de brazos, convencida de que en un minuto como mucho habría regresado.

Pero ahí se equivocó, pues Max había recordado que el tren fantasma no estaba muy lejos y esperaba que sus amigos los monstruos le apoyaran. Antes, ese Rastelli y su director habían logrado cogerlos desprevenidos, pero ahora, tan tarde ya, no lo conseguirían. Ocho monstruos eran a todas luces más fuertes que dos cobardes.

Sin embargo, Max se llevó una gran decepción, pues el tren fantasma estaba vacío. Los monstruos habían vuelto a salir en busca de Piecete. El chico suspiró profundamente y estuvo todo el rato pensando en el pequeño Drácula. ¿Qué le estaría pasando en ese mismo instante? ¿Rastelli le estaría pegando? ¿Le pondrían algo de comer? A Dola le daría sin duda un ataque de risa si lo viera regresar sin Drácula. Ya oía sus burlas, y de buena gana se quedaría en el tren fantasma.

¿Y por qué no? Max decidió esconderse allí y esperar a sus amigos.

Se acurrucó en el polvoriento sillón de orejas y contrajo las rodillas. También en pleno verano hacía bastante fresco en el tren fantasma.

¡Rrrrrrac! De un ataúd que estaba en el suelo se escapó un grave ric-rac, como si desde dentro alguien aserrara la madera. Max se encogió lo más que pudo.

¡Rrrac, rrrac! La sierra se movía lentamente hacia arriba y hacia abajo.

Max buscó a su alrededor dónde esconderse. Quienquiera que en ese momento estuviera escapando de aquel ataúd no debía verle. El corazón le latía como loco y los brazos y las piernas los tenía como paralizados de miedo.

Por fin, temblando, se dejó caer del sillón y, sin apartar la mirada del ataúd, en el que seguían aserrando sin cesar, se dirigió como pudo hacia la trampilla.

—¡Auuuh!

Había chocado contra un candelabro de pie, que cayó estrepitosamente. La tapa del ataúd se abrió de golpe.

Por maltratar animales

Max abrió los ojos como platos y boqueó como una carpa. Su mirada se clavó en un hocico con dientes largos y amarillos que estaba abierto a más no poder. Junto a éste asomó un segundo, y seguidamente un tercero.

—Eh..., Zerbi... ¿Eres tú? —preguntó Max con voz temblorosa.

El perro infernal sacó las patas del ataúd, estirándolas, y bostezó a placer con sus tres cabezas.

—Sí. ¿Por quién me has tomado? ¿Por una Lassie de tres cabezas? —gruñó.

—¿Cómo es que estás aquí? ¿Por qué no andas buscando a Piecete? —quiso saber Max.

Zerbi agachó avergonzado las cabezas, que dijeron a coro:

—Eh... Es que hoy comimos demasiado y nos entró mucha pesadez. Por eso fuimos a echarnos una siestecita. Lo que pasa es que cuando nos dormimos no nos despiertan ni a cañonazos.

—¡Acompáñame! —exclamó Max—. Tienes que ayudarme a rescatar a Drácula. ¡Y ya sé cómo!

Max fue corriendo al teatro con el cancerbero. Por fortuna, aún no habían cerrado la

puerta trasera. Ambos lograron pasar desapercibidos hasta los camerinos de los artistas. Al otro lado de la puerta de Rastelli oyeron cómo Drácula aullaba y gimoteaba lastimosamente. Por desgracia, no se encontraba solo.

—¡A callar, chucho miserable! —exclamaba, iracundo, Rastelli—. Desde hoy me perteneces. Tendrás que acostumbrarte a eso. ¡Si no, te haré pasar hambre hasta que se te vaya el gimoteo!

Las cabezas de Zerbi gruñeron enseñando los dientes. El cancerbero le indicó a Max que llamara a la puerta.

—¿Quién es? —bramó la voz de Rastelli.

—Le he traído perros para que actúe con ellos. ¡Una auténtica sensación! —exclamó la cabeza número 1 con melosa voz.

Rastelli abrió la puerta de golpe y asomó la cabeza, pero cuando reparó en el cancerbero tricéfalo, al punto quiso volver a cerrar de un portazo. Para entonces Zerbi ya había saltado sobre él, tirándolo al suelo. Abalanzándose sobre su pecho, las tres cabezas se inclinaron sobre su cara, mostrando los colmillos amarillentos y clavando en él una mirada abrasadora. Rastelli no se atrevía a moverse.

—¿Es de usted el perro? —preguntó la cabeza 1.

—¡N... n... no! —balbuceó el hombre—. Lo... lo que pasó es que... mi perro, con el que salgo a escena, se... se me escapó. Sin embargo, no sé hacer ningún otro número. Pero tengo que

actuar para ganarme la vida. Entonces..., entonces vi... a ese vagabundo. Junto a la fuente. Tocaba el violín y su perro danzaba al compás. Quise comprarle el animal, pero no accedió. Por eso le robé el chucho. Pero el maldito bicho se negaba a realizar ningún número. ¡Entonces lo tiré al contenedor de basura! El director del teatro quería despedirme porque no había encontrado ningún sustituto de mi perro. Y cuando el chaval se presentó con él pensé que ya me las apañaría para conseguir que saliera conmigo a escena...

De las fauces de Zerbi goteaban espumarajos de rabia provocados por la crueldad de aquel hombre.

—¡Pero hoy he averiguado finalmente cómo hacer bailar al chucho! —dijo Rastelli con una sonrisa malvada. A hurtadillas, el hombre había alargado la mano hacia el látigo y una porra de goma, y se disponía a golpear al cancerbero en cualquier instante.

Drácula, que se había escondido bajo el sofá, olió el peligro y asomó el hocico. Al ver que Rastelli levantaba el brazo y hacía silbar el látigo en el aire, empezó a ladrar con fuerza.

A continuación, Max no oyó más que fuertes gruñidos y lamentos. Segundos más tarde, el silencio era total en el camerino. ¿Qué había sucedido? El chaval se llegó en silencio a la puerta y con cautela echó un vistazo a la habitación.

¿Qué debería hacer Max?

La cabeza 1 había ido a por la mano que tenía el látigo, la cabeza 2 agarraba la mano de la porra de goma y la cabeza 3 tenía entre los dientes la nariz del hombre.

—¡Ocúpate del chucho, que yo me encargaré de este verdugo de perros! —gruñó Zerbi—. ¡Hazte a un lado, Max!

El chaval no entendía lo que se proponía el cancerbero, pero de todos modos se apartó de la puerta. Al punto, Zerbi soltó a su víctima. «¿Cómo es que hace eso?», se extrañó Max.

Rastelli se levantó como trastornado y miró lleno de miedo a Zerbi.

—¡Látigo! —ordenó el perro infernal. El hombre se lo entregó y Zerbi lo partió de un mordisco. Lo mismo hizo con la porra de goma.

—¿Y..., y..., y ahora? —balbuceó Rastelli.

—¡Marchando! —gruñó Zerbi, y como el hombre no obedeció al momento, el perro fue a morderle en el culo. Rastelli pegó un grito y salió corriendo, pero el perro lo alcanzó en seguida.

Max levantó por fin a Drácula y, muy contento, lo apretó contra su pecho. El perrito le lamió la cara y las manos con alegría meneando la cola. Rápidamente el chico lo liberó del collar

de púas, que todavía llevaba puesto. Seguidamente salieron corriendo del teatro.

Al ver a Zerbi debajo de un gran árbol, preguntó Max:

—¿Dónde está Rastelli?

Las tres cabezas del cancerbero señalaron hacia arriba, y Max vio al hombre sobre una rama, temblando y en cuclillas.

—¡P... p... por favor, dejadme bajar! —gimoteaba.

—¡Buen perro! —dijo Max en elogio de su amigo monstruo, y decidió que al día siguiente le compraría de su bolsillo por lo menos diez latas de alimentos caninos.

Dola continuaba todavía al otro lado del edificio y, asustada, buscaba con la mirada a su hermano.

—¡Conseguido! —exclamó Max muy ufano apareciendo a su lado. Dola se sobresaltó. Y cuando vio asomar la cabeza de Drácula bajo la cazadora del chaval, el asombro la dejó boquiabierta. ¿Cómo lo habría hecho el canijo?

Justo cuando Max se disponía a meterse en la cama, vio cómo Drácula se colocaba sobre su escritorio de un salto. El perrito miró a la calle iluminada a través de la ventana y gimoteó bajito.

—¡Eh! ¿Qué te pasa? —preguntó Max, y fue a por el perro—. ¡Hoy puedes dormir aquí! —dijo cariñosamente, mientras ponía al animal sobre la manta. Drácula se enroscó y dejó escapar débiles gemidos.

«Sin duda añora a su dueño», pensó Max, que ni a Dola ni a sus padres les había dicho que sabía a quién pertenecía realmente Drácula. Pero de todos modos estaba muy decidido a no desprenderse nunca de él.

—Nosotros dos... seguro que nos haremos buenos amigos —le susurró al oído a Drácula. Pero el perro ni siquiera levantó la cabeza.

Al día siguiente Max no dejó de pensar en Drácula durante las clases. Sobre todo no se le iba de la cabeza que en algún lugar había alguien que andaba muy preocupado por el perro.

Después del colegio, el niño recorrió las calles cabizbajo. Pero en lugar de dirigirse a casa se encaminó hacia la gran plaza de la fuente. No tuvo que buscar mucho para dar con el músico ambulante del que le había hablado Rastelli.

Se trataba de un anciano con canas, arrugas en la piel y cansancio en la mirada. Llevaba un desgastado uniforme de capitán y estaba tocando el acordeón. Metidos en un carrito llevaba también un violín, una trompeta, una armónica y un tambor. Entre el carrito y él había una cestita de perro vacía con un nombre escrito en ella: «Taku».

Marx comprendió entonces por qué el perro obedecía al nombre de «Drácula». «Taku» sonaba bastante parecido. Y hurgándose en los

bolsillos, sacó una moneda y la echó en la gorra del músico ambulante.

—¡Gracias, muchas gracias! —dijo su triste voz.

Max se armó de todo su valor y preguntó:

—¿Y dónde está su perro Taku?

El anciano dejó de tocar.

—Lo he perdido; era mi mejor amigo —respondió.

Al oír eso, Max salió corriendo de allí. No quería seguir oyendo hablar de ese Taku. Sin-

darse un respiro, corrió hasta casa. Jadeaba y sentía terribles punzadas en el costado.

«No; seguro, seguro que Drácula no es el perro del músico ambulante», pensó, tratando de persuadirse. «Es pura casualidad.»

En casa, Drácula le recibió alegremente. Max lo sacó a pasear en seguida. Apenas estuvieron en la calle, dejó que el perro se le adelantara un poco y luego lo llamó:

—¡Taku, ven aquí!

Una difícil decisión

Al instante, el perro se volvió y fue corriendo hacia Max. Luego, meneando la cola, se detuvo ante él y lo miró muy expectante. No había duda: su nombre era Taku. Max se resistía a

aceptar que el perro perteneciera al músico ambulante. Por nada del mundo quería desprenderse de Taku.

Tras dar varias vueltas al bloque de pisos, finalmente regresaron a casa.

—¿Te pasa algo? —preguntó, extrañada, la señora Müller, que en seguida notó que algo preocupaba a su hijo.

—No; todo va bien —murmuró el chico, que acababa de tomar la decisión de devolver Drácula a su dueño. No tenía ningún derecho a quedarse con el perro.

Sonó el timbre de la puerta y, al abrir la señora Müller, Max oyó la voz de la vecina.

—¡Definitivamente, esta vez su perro ha ido demasiado lejos! —exclamó indignada—. ¡Exijo que se vaya!

Max corrió a la entrada y echó un vistazo al rellano. Ante la puerta de la vecina había una caquita de perro. La señora Fitz gritaba escandalosamente señalándola con el dedo.

La pequeña Lilí salió en seguida con escoba y recogedor. Llevaba la nariz cogida con una pinza de tender la ropa y exclamó con voz de pato:

—¡Puaf, qué peste!

Y como si estuviera manipulando material altamente explosivo, recogió la caquita y desapareció en el piso con ella. Seguidamente, Max oyó correr el agua de la cisterna.

—¡Espero que para esta noche el chucho haya desaparecido! —gritó la señora Fitz—. ¡Si no, haré todo lo posible para que los echen a ustedes de la casa!

Con un suspiro, la señora Müller cerró la puerta y dirigió a Max una mirada de reproche.

—¡Ya lo ves! La vecina tiene razón. Desgraciadamente, los perros arman jaleo y ensucian demasiado. Después de comer tendré que llevar a Drácula a la perrera.

El chaval apretó los labios esforzándose para no llorar. Y, arrodillándose en el suelo para acariciar al perrito, dijo:

—Drácula no tendrá que ir a la perrera. Sé de quién es.

La señora Müller no quiso creerle, de modo que por la tarde acompañó a Max a la fuente. Aún estaban bastante apartados de la plaza cuando Drácula se puso inquieto y de pronto ya no se le pudo sujetar. El chucho tiraba de la correa y ladraba eufórico. Max echó a correr con él y le costó trabajo guardar la distancia.

Cuando el músico ambulante divisó al perro, arrojó al carrito la armónica y abrió los brazos. Drácula se le echó encima de un gran salto. Max nunca lo había visto tan contento.

—¡Taku mío! ¡Taku, bonito, precioso! ¡Por fin te tengo otra vez! —exclamó el hombre lleno de alegría. Y a continuación dio las gracias a Max y a su madre y hasta les quiso pagar una recompensa que ellos rechazaron amablemente.

Fue entonces cuando reparó en la cara de tristeza de Max, y le dijo:

—Vosotros dos, Taku y tú, ya os habéis hecho buenos amigos, ¿verdad?

Max afirmó con un gesto.

—Pues cuando quieras puedes venir a verlo y llevártelo a pasear. De todos modos, me parece que le hace falta un poco más de ejercicio.

—Yo..., bueno, sí... ¡Cuando tenga tiempo, vendré con mucho gusto! —prometió Max. Y volvió a mirar con tristeza a su amigo de cuatro patas antes de regresar a casa con su madre.

—¡Con ese hombre, Taku estará mucho mejor cuidado! —dijo la señora Müller tratando de consolar a su hijo—. ¿Sabes, Max? Creo que no es limpio en las casas porque está habituado a vivir en la calle.

Pero Max apenas prestó atención.

Después de hacer los deberes, decidió ir al tren fantasma. Ya era hora de volverse a interesar por sus amigos los monstruos. No quería perderlos a ellos también. Además, deseaba saber si Piecete había reaparecido.

Cuando entró en la verde construcción ya le estaban esperando con impaciencia. Todos los habitantes del tren fantasma se encontraban en la gran habitación negra y sus miradas se clavaron en él.

—¿Qué..., qué pasa? ¿Está herido Piecete? —preguntó, preocupado, Max.

Los monstruos sacudieron la cabeza.

—¿Ha..., ha reaparecido?

Esta vez todos asintieron.

—Este... Pero ¿lo habéis encontrado?

De nuevo sacudieron la cabeza.

—¿Qué es esto? ¿Una adivinanza, o qué?

—gruñó Max—. ¡Hablad de una vez! ¿Qué sucede?

—Piecete ha venido para comunicarnos que no puede regresar —explicó Frankesteinete.

—¿Qué? —Max ya no entendía nada de nada.

—¡Se ha hecho cargo de una importante misión que se toma muy en serio! —dijo con aflautada voz Lucila, engullendo unas grapas.

—¿No podéis explicaros con más claridad? —dijo Max, perdiendo poco a poco la paciencia.

Entonces Frankesteinete propuso acompañar a Max hasta el paradero de Piecete.

El secreto de Piecete

Frank salió del tren fantasma acompañado por Max y lo llevó hasta el Teatro Pipo.

—¿Qué pintamos en este lugar? —preguntó el chaval—. No tengo ganas de que me vean por aquí. Rastelli se vengará de mí sin duda.

—Por suerte, ese verdugo de perros se ha ido ya. Nadie sabe adónde, y apuesto a que tampoco regresará pronto —le tranquilizó Frankesteinete.

Llegados a la parte trasera del edificio, Frank señaló el ventanuco abierto de un sótano y le dijo a Max que entrara a gatas por él.

—¿Está Piecete ahí dentro? —preguntó, extrañado, el chico.

—No quiero decirle más de la cuenta. ¡Véalo usted mismo! —manifestó el hermano pequeño de Frankenstein.

Max se coló por el ventanuco y fue a parar a una estancia baja pero bastante espaciosa. Cuando sus ojos se acostumbraron a la oscuridad, pensó que allí debían guardar la ropa del teatro, pues de largas barras colgaban vestidos que olían a naftalina.

—¡Hola...! ¿Piecete? —exclamó bajito Max.

Desde un rincón sonó un tenue trinar. Frank era el único que entendía los sonidos de Piecete. Guiándose por el ruido, Max descubrió un abrigo que se había descolgado. Al prestar más atención, observó que el abrigo se movía. Se inclinó hasta el suelo y vio que alguien había formado un nido con aquella prenda. En ella estaba echada una perra negra bastante parecida a Drácula. Contra su cuerpo se apretujaban dos diminutos cachorros blancos con orejas negras y una mancha negra en el pecho.

Como un soldado de guardia, Piecete iba de un lado a otro por delante de los perros.

—¿Te has ocupado tú de todo? —le preguntó a Piecete, señalando una escudilla de agua y otra llena de comida.

El más pequeño de los monstruos movió orgulloso los dedos.

—¿Así que todo este tiempo has cuidado de la perra?

97

Y Piecete volvió a agitar los dedos. Sin duda se trataba de la perra de Rastelli, que se había escondido allí para traer al mundo a sus pequeños, pensó Max.

—¡Piecete, eres genial! —exclamó el chico acariciándole la fría piel del pie. Al tocar con los dedos los callos nuevos que le habían salido, el monstruo retrocedió bruscamente.

—Si quieres, te conseguiré emplastos para tus callos —dijo el chico—. ¡Verás cómo te desaparecen pronto!

Piecete se mostró encantado con la propuesta.

Pero entonces Max recapacitó sobre algo muy importante.

—¿Y qué será de los perros? Ahora los cachorros necesitan a su madre, pero ¿y luego? No os los podéis llevar con vosotros al tren fantasma porque hay que sacarlos a pasear varias veces al día, pero tampoco pueden quedarse aquí en el sótano.

Max cogió a uno de los lanudos cachorrillos y lo acarició con el dedo índice.

—¡Cuánto me gustaría quedarme con uno de vosotros! —dijo en voz baja—. Pero mientras esa familia horrible viva junto a nosotros, seguro que papá y mamá no me lo permitirán.

El chico había puesto a la familia Fitz un nuevo nombre que expresaba lo que realmente eran, o sea, lisa y llanamente, horrible.

«¡Los monstruos tendrían que mudarse a

nuestro bloque y hacer de su vida un infierno hasta que se fueran!», pensó Max con rabia. Pero entonces esa desagradable familia vecina sí que conseguiría que expulsaran del piso a sus padres. Y Max ya sabía lo difícil que era encontrar un piso asequible. Quizá tuviese que renunciar a su propia habitación y compartir una con Dola. No podía imaginarse nada peor.

No, los monstruos no eran la solución. Debía ocurrírsele algo mejor. Pero ¿qué?

Max estaba contento por haber reencontrado a Piecete. Los monstruos le pidieron disculpas y él perdonó a sus amigos.

Desde entonces, Max visitó a la perra y a sus pequeños al menos una vez al día, y pudo observar cómo éstos crecían poco a poco.

Dos semanas más tarde Max volvía a encontrarse solo en casa. Sus padres habían ido al teatro y Dola estaba divirtiéndose en una fiesta.

Max estaba en la cama despierto, pues fuera caía una tremenda tormenta. Relampagueó y tronó, y pronto el agua inundó las calles, de modo que el tráfico avanzaba muy lentamente.

Hacia medianoche aún no había regresado nadie. Max seguía sin pegar ojo y no dejaba de mirar por la ventana con miedo.

De pronto alguien llamó al timbre. Max se incorporó en la cama asustado y tiró de la manta hasta cubrirse la barbilla. ¿Quién podría ser? Seguro que ni sus padres ni Dola, porque tenían llave.

Finalmente, Max se armó de todo su valor y salió sigilosamente hacia la entrada. Pero no encendió la luz, pues podrían notarlo. El desconocido no debía saber de ningún modo que en el piso había alguien.

1078154604

Confesión sorprendente

Max echó un vistazo por la mirilla y vio que en el rellano estaban dos figuras diminutas y blancas. Eran los pequeños Óscar y Lilí. La niña volvió a apretar con impaciencia el botón del timbre. Entonces, Max pudo comprobar que la chiquilla había llorado.

—¿Qué pasa? —preguntó Max a través de la puerta cerrada.

—Nuestros padres... no están en casa... Estamos solos y... tenemos mucho miedo —se lamentó Lilí—. ¡Por favor, déjanos pasar!

Max abrió la puerta y los dos niños se precipitaron a la entrada.

—Gracias... ¡Muchas gracias! —balbucearon. Confusos, se movían inquietos y tiraban de sus blancas prendas de dormir.

—¡Venid a mi habitación! —dijo Max.

Ambos le siguieron dándole las gracias y se sentaron sobre la alfombra. Colocaron las manos sobre las rodillas y se quedaron mirando a Max.

—¿Qué ocurre? —preguntó Max—. Yo... estaba durmiendo como un bendito cuando me despertasteis —mintió.

—¿No tienes miedo cuando te quedas solo en casa? —preguntó el pequeño Óscar.

—¿No te asustas con las tormentas? —añadió a media voz su hermana.

Max ya se iba a echar el farol de que sólo a los brevas y los caguetas les dan miedo las tormentas, pero se contuvo.

—Ejem... Bueno..., bueno...; en fin, sí, ¡yo tampoco he pegado ojo! —admitió con voz apagada—. Pero si tuviera un perro, todo sería distinto. Entonces no tendría ningún miedo. Ni pizca. Pero como Drácula se ha portado mal, ahora han prohibido los perros en el bloque. Y la culpa es de vuestra madre.

Lilí y Óscar agacharon la cabeza avergonzados.

—No; ¡es nuestra! —dijeron en voz baja.

—¿Cómo? —Max creyó haber oído mal.

—La culpa de que el perro se fuese es nuestra. Desde que pasó, dormimos muy mal por las noches. Y de día nos imaginamos a Drácula encerrado en una pequeña jaula en la perrera —explicó Óscar.

Max los tranquilizó. Por la tarde había visto a Drácula y le iba estupendamente. Entonces les contó lo del músico ambulante, al que también le gustaría quedarse con la perra en cuanto sus cachorros fueran lo bastante mayores y él les hubiera encontrado un buen hogar. El músico no podía permitirse mantener a cuatro perros.

De pronto, Max tuvo una sospecha. Se acordó de la primera visita de Óscar y Lilí. ¿No habían dicho entonces que les encantaba jugar con trastos de control remoto y plastilina? Y acto seguido habían estado mucho tiempo en el cuarto de baño.

—La caquita de perro era de plastilina, ¿verdad? —preguntó, indignado, el chaval.

Lilí asintió. Por eso la había recogido en seguida, para que Max no descubriera el engaño.

—¡Y los ladridos venían de una grabadora que yo había escondido en el armario de vuestra entrada y hacía funcionar a distancia! —confesó Óscar.

—¡Y los charquitos los hacíamos con la regadera! —susurró Lilí.

Los dos hubieran deseado que se los tragara la tierra. Pero, a pesar de todo, se sintieron muy aliviados después de esta confesión.

—¿Y por qué habéis hecho eso, bichos repugnantes? —les gritó Max. Y decidió que al día siguiente sin falta pediría a sus amigos los monstruos que les dieran a los dos tales sustos que les provocaran pesadillas por mucho tiempo.

—¡Porque..., porque..., también nosotros queríamos un perro, pero no nos regalaban ninguno! —explicó Óscar—. Y por eso no aceptábamos que tú lo tuvieras. Y es que nos ponemos muy tristes cuando vemos que otro niño es feliz con su perro.

—¡Vosotros dos lo que tenéis es una ensalada

mental! —gritó, furioso, Max—. ¡So imbéciles!
¡Estúpidos! ¡Cacho...!

De tanta rabia no se le ocurrían más insultos
que le parecieran adecuados para aquellos dos
pequeños Horribles.

Lilí y Óscar no se defendieron. Sabían que Max tenía toda la razón.

—¿Crees tú que es tan estupendo ser siempre buenos? Nunca podemos armar jaleo ni subirnos a los árboles. Ni hacer cosas divertidas —rompió a decir Óscar de corazón—. Yo preferiría llevar vaqueros como tú, y no siempre estos trajes envarados y rasposos.

De pronto, a Max le dieron pena aunque se hubieran portado de manera repugnante y vil. Pero, verdaderamente, su situación no era fácil.

—Nosotros... regresamos ya a nuestra casa. Gracias por habernos dejado entrar. ¡Y, por favor, no te enfades con nosotros!

Max calló. No podía perdonarlos así como así. Al fin y al cabo, ellos tenían la culpa de que no permitieran perros en la casa.

monstruo. Luego se oyó un tenue chirriar y Max supuso que Piecete se había escondido en uno de los armarios.

Los dos cachorros estaban solos encima del viejo abrigo y acogieron a Max ladrando alegremente.

—¿Y vuestra mamá? —preguntó el chico. Por el excitado trinar de Piecete imaginó que la perra y Taku se habían ido con el músico ambulante.

—¡Qué monada! —exclamó Lilí al ver aquellos ovillos de negro pelaje. Y tomando a uno en brazos, lo rascó con ternura. Con todo cariño apretó su mejilla contra la blanda cabecita y susurró:

—¡Ya no me separaré de ti!

Max cogió al segundo cachorro. A él, aquel perrito siempre le había gustado más.

En ese momento abrieron una puerta a espaldas de los niños. Max indicó con gestos a Lilí y a Óscar que se escondieran con los perros en el armario. Esperaba que Piecete no hiciera ruido.

Max miró con cuidado por la estrecha rendija del armario. El director Chistoso y Rastelli entraron en la habitación.

—Mi gente asegura que aquí abajo ha oído ladridos —dijo el director—. A lo mejor su chucho se ha escondido aquí.

Rastelli levantó de un zarpazo el abrigo. Lo olisqueó y, maldiciendo, aseguró:

—El dichoso bicho está aquí, y como lo encuentre le retorceré el pescuezo.

Lilí, Óscar y Max contuvieron el aliento. Y no sólo por miedo a ser descubiertos, sino porque los trajes viejos colgados en el armario olían asquerosamente mal.

Rastelli pasaba una y otra vez por allí delante, y Max tenía cada vez la sensación de que el corazón se le paraba.

Los dos hombres ya iban a dar por concluida la búsqueda cuando de pronto Rastelli dijo:

—¡Puede que el bicho se haya colado en el armario!

Y acto seguido abrió de golpe la puerta. A los tres niños el corazón les latía a cien kilómetros por hora.

—¡Qué idiotez! ¿Cómo iba un perro a abrir una puerta y cerrarla después? —manifestó el director Chistoso.

—¡Sí que es verdad! —gruñó Rastelli, que volvió a cerrar de un portazo. Los tres respiraron aliviados. Por suerte, se habían ocultado detrás de los vestidos.

Cuando por fin se marcharon, salieron jadeantes de su escondite.

—Los perros necesitan un sitio mejor. Aquí no pueden seguir. ¡Me llevaré a uno! —dijo Max apretando contra sí a su cachorro.

—¡Y nosotros nos llevamos a éste! —manifestaron al unísono Lilí y Óscar.

—¿Y qué dirá vuestra madre? —preguntó Max.

—Lo esconderemos en nuestra habitación —repuso Óscar.

Max era consciente de que aquello no podía salir bien, así que se dispuso a pedir consejo a los monstruos. Mandó a los dos niños solos a casa y él continuó hacia la de sus amigos, el tren fantasma. Después de explicarles lo sucedido, preguntó:

—Nos gustaría mucho quedarnos con los perros. ¿No sabéis cómo podríamos conseguirlo?

Los monstruos sacudieron la cabeza, pero prometieron llevarle noticias cuando se les ocurriera algo.

Max se dirigió a casa apesadumbrado. Tenía un miedo terrible de que sus padres no le dejaran quedarse con el perro. Cuando entró en el piso, oyó ruidos procedentes de la sala de estar. De puntillas, se llegó hasta su habitación.

—¡No hagas ningún ruido! —le encareció al perro.

Después se lavó las manos y fue a reunirse con los demás.

Sus padres y Dola ya le estaban esperando y, al entrar él, cantaron:

—¡Y que cumpla muchos máááááás!

Sobre la mesa había una enorme tarta de cumpleaños con velas que Max tenía que apagar soplando. También le sirvieron su plato preferido, espaguetis a la carbonara, y de postre crema de chocolate con guindas.

—Max, llevamos mucho tiempo pensando qué regalarte —empezó a decir su padre—. Hace unas semanas todavía querías aquel monopatín tan molón, pero luego no has vuelto a hablar de él. Por eso no estábamos seguros de si lo querías. ¡Anda, dinos qué regalo deseas!

Max dio unas vueltas embargado por la confusión, luego se dirigió a su cuarto y volvió con el cachorro negro.

—¡El regalo que deseo es éste, y ya lo tengo! —dijo.

Los padres se quedaron mirando al perrito lanudo y Dola exclamó entusiasmada:

—¡Qué cosa más bonita! ¿De dónde lo has sacado?

—¡Es una larga historia! —repuso Max, que miró a sus padres con ojos implorantes. ¡Ojalá le dejaran quedarse con el perro!

—Max... Nosotros..., nosotros sí que te permitimos tener un perro —empezó su madre titubeando—. Pero... tú ya sabes... La señora Fitz y el reglamento de la casa. ¡Ahora sí que está prohibido tener perros!

El niño contó la mala pasada que le habían jugado Óscar y Lilí. Los padres movieron pensativamente la cabeza y prometieron reflexionar a fondo sobre el asunto. Pero en modo alguno debía Max aparecer en el rellano con el cachorro. Y cuando estuviera delante de la casa con el perro, debía meterlo en una bolsa.

—Eso tal vez funcione algún tiempo, pero el perro crecerá y no podremos retenerlo en casa durante años —afirmó su padre.

Al atardecer sonó el timbre con la misma penetrante estridencia que empleaba la señora Fitz cuando quería decirles algo.

¡Pero señora Fitz!

Sin saludar, la señora Fitz fue directa al grano:

—¡Es inaudito! Su hijo ha obligado a los míos a que me trajeran a casa un cochambroso, apestoso y piojoso perro. ¡Y lo ha hecho sólo para que él mismo pueda quedarse con otro! Pero ahí se ha equivocado de parte a parte. ¡A mí no me meten más perros en la casa!

Max se abrió camino apartando a su madre y exclamó:

—Eso no es verdad. Lilí y Óscar quisieron llevarse el perro a toda costa porque su único deseo era tener uno.

—Eso lo dicen sólo porque tú se lo has metido en la cabeza —repuso con vehemencia la señora Fitz—. Mis hijos jamás jugarían con un cochambroso chucho. ¡Tú los has obligado!

La señora Müller perdió la paciencia:

—¡No permito que usted culpe a mi hijo injustamente! Parece que incluso ha salvado la vida a los dos cachorros.

—¡Llévese en seguida el perro de mi piso y de esta casa! —chilló la señora Fitz—. Si no, llamaré al propietario para que los expulse.

—¡Max, ve a por él! —dijo la señora Müller. Como el niño titubeó, ella misma fue con la señora Fitz a su piso. Pero Max la siguió pegado a sus faldas.

El piso de los Horrible recordaba a un museo. Todo estaba en su sitio y los muebles tenían el aspecto de no haber sido usados nunca. Olía a productos de limpieza y aerosoles.

Lilí y Óscar estaban sentados en el suelo de su habitación abrazando con fuerza al perrito. Los dos miraron a la señora Müller con los ojos bañados en lágrimas.

—¡Por favor, por favor, no se lo lleve! —imploró Lilí.

—¡Que os creéis vosotros eso! —dijo furiosa la señora Fitz.

Max se detuvo sorprendido. Y clavándole el codo a su madre, señaló hacia un sofá con flores estampadas por debajo del cual asomó una chinche bien gorda. La siguió otra, y luego otra, hasta que finalmente una procesión entera desfiló por la alfombra.

—¡Y es usted quien dice que todo lo tiene tan limpio! —le dijo la madre de Max a su vecina—. ¿Y cómo es que andan por aquí tantas chinches?

La señora Fitz lanzó un grito penetrante y dijo jadeando:

—¡Hay que exterminarlas! ¡Rápido!

Y precipitándose en la cocina, abrió de golpe la puerta de un armario. Un imponente enjambre de moscas le salió al encuentro. Espantada, retrocedió tambaleándose. Entonces abrió el

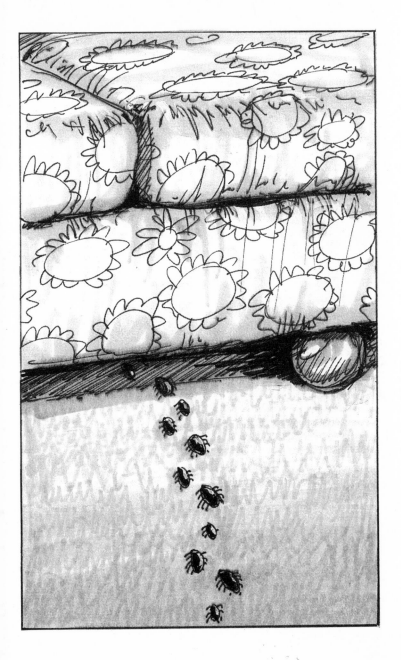

aparador. También ese mueble bullía de moscas. En cuestión de segundos, toda la cocina se llenó con el zumbido de los insectos.

Y ahora también salían chinches de debajo de los muebles de la cocina. Y también desde el cuarto de baño y el dormitorio aparecieron legiones, que se acercaron más y más.

Max sonrió maliciosamente. Se imaginaba de dónde procedían los bichos, y pensó callandito: «Gracias, Mombo. Eres el más grande.»

La señora Fitz se había subido a un sillón y miraba las chinches con estupor.

—¡Le diremos al propietario que ha convertido usted sus habitaciones en poblados de chinches! —exclamó Max.

—¡Y que alguien así vaya diciendo que todos los perros tienen piojos y son sucios! —se indignó la señora Müller, aunque no podía explicarse de dónde salían tantísimas chinches. A pesar de todo, contemplaba aquellos bichos alegrándose hasta cierto punto del mal ajeno.

—¡Por favor, no se lo cuenten a nadie! ¡Por favor! —imploró la señora Fitz.

—¡Sólo si Lilí, Óscar y yo podemos quedarnos con nuestros perros! —fue la condición de Max.

—¡De acuerdo! —accedió la señora Fitz.

Los tres niños lanzaron simultáneamente un grito de júbilo y se pusieron a bailar de alegría. A continuación decidieron salir en seguida a dar un largo paseo con los cachorros.

Cuando también se hubo ido la señora Müller, la señora Fitz se precipitó al teléfono y llamó al servicio de desinsectación. Una hora más tarde acudieron sus responsables, pero no vieron por allí ni un solo insecto. La señora Fitz no encontró ninguna explicación. Y era que las chinches ya hacía tiempo que habían emprendido el regreso al tren fantasma.

—¡Gracias, habéis vuelto a estar monstruosamente sensacionales! —les dijo Max a sus amigos al visitarlos por la tarde. Y sacando una caja del bolsillo de su pantalón, se la ofreció a Piecete. Eran los emplastos para los callos que le había prometido.

—Y ahora, ¿vas a olvidarnos? —preguntó Nesina lanzando una mirada celosa al perro del niño.

—¿Olvidaros? ¡Imposible! —protestó Max—. Sólo tengo un amigo más. Un amigo llamado... —el chico reflexionó. No, no podía llamar Drácula al perro. Al fin y al cabo, tenía blanco todo lo que Taku tenía negro.

—¡El perro me recuerda un poco a mi primo Vampirillo, que también tenía orejas negras! —afirmó Draculín.

—Sí, así te llamaré: ¡Vampirillo! —le dijo Max al perro—. ¡Desde hoy te llamarás Vampirillo!

El cachorro soltó tres ladridos agudos. El nombre parecía agradarle.

—¡Vampirillo, tendrás que acostumbrarte a mí y a todos mis monstruos! —manifestó el chaval. El perro volvió a ladrar. Aparentaba alegrarse.

Max también se alegraba. Pero aún no se imaginaba lo que bien pronto organizarían los monstruos en su colegio.

Títulos de la colección